어린이는
사랑을 먹고
자란답니다.

♥ 추천·감수 **이 어 령**

1934년 충청남도 아산에서 태어났습니다. 서울대학교에서 국문학을 전공하고, 스물다섯 살에 작가가 되었습니다. 40년 넘게 대학에서 학생들을 가르쳤고, 여러 신문사 논설위원과 초대 문화부 장관을 지냈습니다. 지은 책으로 〈생각에 날개를 달자〉, 〈축소 지향의 일본인〉, 〈매화〉, 〈이어령 라이브러리〉 등이 있습니다.

♥ 엮음 **김 연**

대구에서 태어나 오랫동안 시를 썼고, 대학원에서 현대 소설을 전공했습니다. 출판사 주간을 거쳐 지금은 좋은 책을 기획하고 쓰는 일을 하고 있습니다. 지은 책으로 〈조선왕조실록〉, 〈작업복을 입고 노벨 상을 탄 아저씨〉 등이 있고, 엮은 책으로 〈다시 읽는 우리 문학〉 시리즈와 〈위풍당당 삼국지〉 등이 있습니다.

♥ 그림 **박 경 란**

서울국립산업대학교 응용회화과를 졸업했습니다. 영국 킹스턴 대학 고급 일러스트 과정을 수료했습니다. 국제디자인전 금상, 출판미술대전 금상을 수상했습니다. 영국 코닝스비 갤러리, 덕원 갤러리 등의 전시회에 출품했습니다.

이 책의 표지는 일반 용지보다 1.5배 이상 고가의 고급 용지인 드라이보드지를 사용해 제작하였습니다. 표지를 드라이보드지로 제작하면 습기의 영향을 덜 받기 때문에 본문 용지가 잘 울지 않고, 모양이 뒤틀리지 않아 책을 오랫동안 보존할 수 있습니다.

이 책은 기존의 석유 잉크 대신 친환경 식물성 원료인 대두유 잉크를 사용하여 인쇄하였습니다. 대두유 잉크는 선진국에서 널리 사용하고 있는 고가의 대체 잉크로, 휘발성이 적어 인쇄 상태의 보존이 용이하고, 인체에 무해할 뿐만 아니라 눈에 부담을 주지 않는 자연스러운 색을 내는 특징이 있습니다.

아이고, 우리 복덩이!

생각통통 명작문학 ③⑤
세계의 옛이야기

총기획 및 발행인 박연환 발행처 (주)한국헤르만헤세 출판신고 제17-354호
주소 서울특별시 송파구 석촌동 7-3 대표전화 (02)470-7722 팩스 (02)470-8338
연구개발원
주소 경기도 성남시 분당구 금곡동 444-148
대표전화 (031)715-7722 팩스 (031)786-1100 고객문의 080-715-7722
편집 김양미, 김범현 디자인 조수진, 우지영, 성지현, 한지희

www.hermannhesse-book.co.kr

생각통통 **명작문학** 지혜가 가득 담긴 이야기

세계의 옛이야기

김연 엮음 | 박경란 그림

한국헤르만헤세

이 책의 주인공들

Traditional Tales of the World

보배

뱃사공과 결혼한 그림 속 미인이 낳은 아이입니다. 어머
가 만들어 준 호랑이 신발로 못된 현감을 혼내 준답니다.

잭

어머니가 아끼는 소를 콩 한 알에 팔아서 야단을 맞지만,
콩이 무럭무럭 자라나서 결국 황금 알을 낳는 암탉을 얻
소년입니다.

모모타로

복숭아 속에서 나온 아이입니다. 힘이 장사인 그는 개, 원
이, 꿩의 도움으로 도깨비들을 물리치고 영웅이 됩니다.

고양이

원래 산 속에서 살았으나 호랑이를 속인 다음부터는 도시
도망쳐 나와 오늘날까지 사람의 집에 몰래 숨어 살지요.

솔로몬 왕

나라를 지혜롭게 잘 다스린 것으로 유명한 이스라엘의 왕
니다. 그래서 지금도 지혜가 뛰어난 사람을 '솔로몬' 같
고 합니다.

달

늘 어머니를 생각하는 착한 마음을 지닌 달은 어머니의 축복을 받아서 지금처럼 서늘하고 고요하게 빛을 내게 되었습니다.

석공

타고난 지혜로 표트르 황제의 마음을 사로잡고, 잔꾀를 부리는 귀족들의 코를 납작하게 만들어 높은 벼슬까지 얻은 사람입니다.

물고기를 사랑한 아가씨

사랑하는 남편 물고기가 죽임을 당하자 자신도 강물 속으로 뛰어들어 여신의 시녀가 된 가엾은 아가씨입니다.

저승에 다녀온 사나이

사랑하는 연인을 살리려고 저승까지 다녀온 용기 있는 인디언 추장이랍니다. 마침내 죽은 뒤에 연인과 영원히 행복하게 살게 되지요.

오리 아가씨

물쥐에게 잡혀가 물쥐의 새끼를 낳은 불쌍한 아가씨랍니다. 오늘날 오스트레일리아의 오리너구리는 모두 이 아가씨의 자손들이랍니다.

아이티 소녀

계모의 구박을 받으며 슬픈 나날을 보내다가 신기한 오렌지 나무를 키워서 계모를 혼내 주고 큰 부자가 됩니다.

이 책을 읽기 전에

할머니는 미국에서 오랫동안 살다 오셨는데, 재미난 이야기를 많이 해 주시지요.

옛날이야기 해 줄까?

좋아요. 우리나라 얘기 말고 미국 옛이야기로요.

흠~ 어떤 걸로 해 줄까?

용감한 주인공이 나오는 걸로 해 주세요.

저는 슬픈 사랑 얘기가 좋아요.

그래. 알았다. 용감한 인디언 추장 얘기를 해 주마.

와! 재밌겠다!

인디언 젊은이와 아름다운 아가씨가 서로 사랑에 빠졌단다. 그런데 아가씨가 그만 병에 걸려 죽었어요.

인디언 젊은이는 갖은 모험을 겪으며 죽음의 나라로 가서 아가씨를 만나게……

다른 나라의 옛이야기들을 알면 우리가 그 나라 사람들을 이해하는 데 많은 도움을 준답니다.

다른 나라에도 우리나라처럼 재미난 옛이야기가 많네요.

물론이지. 다른 나라 옛이야기들은 이 책을 통해 알 수 있단다.

생각통통 명작문학 35

세계의 옛이야기

10

호랑이 신발 — 중국 민담

옛날 중국의 어느 큰 강가에 뱃사공이 살았어요.

뱃사공은 양씨라는 사람이었는데, 나이 서른이 넘도록 장가를 가지
못하고 있었지요.

비가 많이 오는 어느 날이었어요.

뱃사공 양씨는 한 할머니를 배에 싣고 강을 건너게 되었어요.

배를 저어 강 건너에 도착하자 할머니는 깜빡 잊고 집에 낡은
솜이불을 두고 왔다며 양씨에게 다시 강을 건네 달라고 했어요.

마음 착한 양씨는 빗속에서 다시 강을 건너는 건 위험하니 할머니가
강 근처 오두막에서 쉬고 계시면 자기가 빨리 다녀오겠다고 했어요.

그런 다음, 세차게 쏟아지는 빗속에서 노를 저어 강
건너편으로 가서 할머니의 솜이불을 가져왔어요.

양씨가 이불을 건네자 할머니는 미안한 얼굴로
말했어요.

"이봐, 젊은이. 내가 가진 돈이 없어 뱃삯은
못 주지만 대신 감사의 표시로 그림을
한 장 주겠네."

양씨는 할머니가 준 그림을 펼쳐
보았어요.

뱃삯 대신
이 그림을 주면
안 될까?

11

아름다운 아가씨가 호랑이 머리 모양의 아기 신발을 수놓고 있는
그림이었어요.
그런데 집에 돌아온 양씨가 할머니에게 받은 그림을 벽에다 붙이자
이상한 일이 일어났어요.
밤이 되면 그림 속 아가씨가 살아서 튀어나와 양씨를 위해 밥을 짓고
바느질을 하고는 날이 밝으면 다시 그림 속으로 들어가는
것이었어요.
그러다가 아가씨는 양씨의 아내가 되었고, 두 사람 사이에는 귀여운
아들도 태어났지요.
양씨는 너무 기뻐서 아들의 이름을 보배라고 지었어요.
하지만 보배의 엄마는 여전히 밤이면 그림에서 나오고 낮이면 다시
그림 속으로 들어가야만 했어요.
세월은 어느덧 빠르게 지나가 보배가 여섯 살이 되었지요.
그런데 그 지방에는 늙고 욕심 많은 현감이 고을을 다스렸어요.
현감은 양씨가 그림 속의 미인을 아내로 맞았다는 소문을
듣고는 그 신비한 그림을 빼앗으려 온갖 궁리를 했어요.
어느 날이었어요.
양씨와 보배가 밥을 먹고 있는데, 갑자기 포졸들이 들이닥치더니
벽에 걸린 그림을 강제로 빼앗아 가려 했어요.
귀염둥이 보배는 막 울면서 소리쳤어요.
"엄마! 엄마! 가지 마!"
그러나 포졸들은 보배의 울음소리는 들은 체도 하지 않고 그림을
둘둘 말아 가지고 가 버렸어요.

양씨는 빼앗긴 그림을
되찾으러 관청으로 달려갔지만
현감의 부하들에게 실컷 두들겨
맞기만 했어요.
한편 현감은 빼앗은 그림을 자기 방 벽에
걸어 두고는 여인이 나타나기를 기다렸어요.
그러나 그림 속 여인은 아무리 기다려도
나타나지 않았고, 웃음이 가득했던 여인의
얼굴은 언제부터인지 화가 잔뜩 난 얼굴로
바뀌어 있었어요.
그 무렵 보배는 강가에서 엄마를
그리워하며 하염없이 울고 있었어요.
물론 엄마가 만들어 준 호랑이 신발을
신은 채 말이지요.
"엉엉! 엄마! 보고 싶어요!"
그런데 바로 그때, 강물 위로 엄마의
모습이 나타나더니 보배에게 말하는 게
아니겠어요.
"아가야! 울지 마라. 강물을 떠서 네 신발을 씻은 다음 관청으로 오면
나를 찾을 수 있단다. 이 어미를 구해 다오."
보배는 엄마가 시키는 대로 강물을 떠서 신발을 씻고는 관청으로
달려가 현감을 만나게 해 달라고 졸랐어요.

보배를 보자 욕심쟁이 현감은 아이를 이용해
여인을 그림 속에서 나오게 해야겠다고 생각하고는 보배를 자기
방으로 데려갔어요.
방으로 들어간 보배는 벽에 걸린 엄마의 그림을 보고 외쳤어요.
"엄마! 빨리 그림 속에서 나와서 나랑 얼른 집으로 돌아가요."
그러자 지금껏 꼼짝도 않던 그림 속 여인이 그림 밖으로 나오더니
보배의 손을 꼭 잡고 말했어요.
"보배야! 얼른 이 못된 현감의 집에서 벗어나자!"
보배와 엄마가 서둘러 관청을 빠져나가려 했지만, 현감과 부하들이
칼을 빼들고 앞길을 가로막았어요.
그러자 보배가 얼떨결에 그들을 향해 발길질을 했는데, 그 순간
보배의 신발에서 호랑이 두 마리가 나오더니 현감과 부하들을 향해
사납게 덤벼들었어요.
호랑이에게 쫓긴 현감과 부하들은 깊은 산속으로 도망간 후 다시는
마을의 백성들을 괴롭히지 못하게 되었지요.
보배와 엄마는 무사히 집으로 돌아왔고, 헤어졌던 양씨를 만나 세
식구가 서로 부둥켜안고 감격의 눈물을 흘렸어요.
그때부터 호랑이 신발이 유명해지기 시작해서, 중국에서는 모든
엄마들이 호랑이 신발을 만들어 자기 아이가 보배처럼 귀엽고
용감하게 자라기를 바라게 되었어요.

잭과 콩나무 – 영국 민담

옛날 영국의 어느 시골집에 잭이라는 소년과
어머니가 살고 있었어요.
일찍 아버지를 잃은 잭의 집은 무척 가난했어요.
암소 한 마리와 닭 몇 마리가 전 재산이었지요.
그런데 어머니마저 병에 걸려 자리에 눕고 말았어요.
어느 날 어머니는 자리에 누운 채 한숨을 쉬며 말했어요.
"휴…… 잭, 이젠 어쩔 수 없이 시장에 가서 소를
팔아야겠다. 되도록 비싸게 팔아 오너라. 내가 시장에
갔으면 좋겠지만 몸이 아파서 걸을 수가 없구나."
잭은 씩씩하게 대답했어요.
"어머니, 걱정 마세요. 제가 다녀올게요."
잭은 소를 끌고 길을 떠났어요.

걱정하지 마세요.
제가 어머니
대신 시장엘
다녀올게요.

16

집에서 시장까지는 꽤 먼 길이었어요.

잭은 도중에 어떤 할아버지와 마주쳤어요.

"꼬마야, 소를 끌고 어디 가니?"

"장터요. 소를 팔아 어머니의 약과 먹을 것을 사려고요."

"오, 그래? 그렇다면 그 소를 내게 팔아라."

잭은 먼 시장까지 안 가도 된다는 생각에 반갑게 물었어요.

"소 값으로 얼마를 주시겠어요?"

할아버지는 웃으며 주머니에서 봉지를 꺼냈어요.

"이 봉지 속의 요술 콩과 바꾸자. 이 요술 콩만 있으면

너희 집은 부자가 될 거란다. 어떠냐?"

"정말이에요?"

잭은 기뻐서 얼른 소를 할아버지에게 건넸어요.

그리고 콩 한 개가 든 봉지를 들고 집으로

돌아왔어요.

"어머니, 우리 소를 이 요술 콩과 바꿨어요."

잭의 말에 어머니는 깜짝 놀라 말도 제대로 하지 못했어요.

"뭐, 요술 콩? 그게 금으로 된 콩이냐? 보석으로 된 콩이냐?

지나가는 영감의 말을 그대로 믿다니 참으로 어리석구나!"

어머니는 버럭 화를 냈어요.

"이제 어쩌면 좋으냐? 먹을 것도 떨어지고, 약값도 없는데…….

어이구! 이따위 콩은 보기도 싫다!"

이 봉지 속의
콩과 네 소를
바꾸지 않으련?

정말 콩나무가 하늘에 닿아 있나 보구나!

어머니는 콩을 창문으로
휙 던지고는 자리에
누워 버렸어요.
어머니께 꾸지람을
들은 잭은 풀이
죽어서 침대에 누워
자신의 어리석음을
반성했어요.
'진짜 요술 콩이 아니라면 나는
정말 바보짓을 한 거야.'
그렇게 생각하다가 깜박 잠이 들었고,
꿈을 꾸기 시작했어요.
꿈속에서 소를 가져간 할아버지가 나타나
웃으며 말했어요.
"콩과 바꾼 소는 잘 기르고 있단다."
"그렇지만 할아버지의 콩은 보통 콩인가 봐요."
"아니다. 내일이면 요술 콩이라는 걸 알게 될 거다."
이튿날 아침, 잭이 눈을 떠 보니 어머니가 창문 밖에 버린
콩이 어느 틈에 자라 커다란 넝쿨이 생겼어요.
'와, 굉장하구나. 진짜 요술 콩인가 봐?'
콩나무는 높이 솟아 하늘 꼭대기까지 닿은 듯했어요.

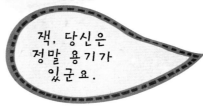

잭, 당신은 정말 용기가 있군요.

잭은 콩나무 줄기에 매달려 오르기 시작했어요.

'정말 하늘에 닿아 있나 보구나!'

콩나무는 구름을 뚫고 위로 끝없이 뻗어 있었어요.

콩나무를 계속 올라가던 잭은 아찔한 기분이 들었어요.

한참을 올라가는데, 누군가가 잭을 불렀어요.

"잭! 힘을 내서 어서 올라와요."

위를 올려다보니, 작은 요정이었어요.

요정은 날개가 달린 옷을 입고, 하늘색 주머니를 들고 있었어요.

요정은 잭에게 하늘색 주머니를 내주며 말했어요.

"잭, 이 주머니는 당신이 착해서 주는 거예요."

"이 주머니로 뭘 하지요?"

"나중에 알게 돼요. 당신은 정말 용기가 있군요. 이제 당신은
무엇이든지 이룰 수 있을 거예요."

콩은 전 세계적으로 매우 중요한 작물이지.

한국 사람은 콩으로 두부를 만들어 먹거나 된장을 담가 먹기도 하지.

요정은 그 말을 남기고 하늘하늘 춤을 추며 사라졌어요.

'그래, 끝까지 올라가 보자.'

잭은 마침내 콩나무 끝까지 올라갔고, 거기엔 큰 궁전이 있었어요.

'무슨 궁전이 저리도 클까?'

잭은 용기를 내어 문을 열고 궁전으로 들어갔어요.

궁전은 어마어마하게 컸어요.

책상도, 의자도 잭의 키보다 훨씬 높았어요.

그때였어요.

　　'쿵, 쿵, 쿵.'

꼬꼬댁!
꼬꼬

　　갑자기 무거운 발자국 소리가 들려서 잭은 얼른 기둥 뒤로 몸을 숨겼어요.

　　잠시 후 엄청나게 큰 거인이 잭의 앞을 무심코 지나가는 것이었어요.

　　그리고 암탉이 있는 큰 테이블 앞에 앉아 큰 소리로 외쳤어요.

"신기한 암탉아! 황금 알을 낳아 주렴."

그러자 암탉은 진짜 황금 알을 낳았어요.

거인은 싱글벙글 웃으며 황금 알을 주머니에 넣더니, 방을 나갔어요.

잭은 그 암탉을 자세히 살펴보았어요.

'앗, 저건 도둑맞은 우리 집 암탉이잖아!'

거인이 놔두고 간 암탉은 원래 잭의

집에서 기르던 것이었어요.

잭은 그제서야 그 거인이 오래전에 자기
집에 있던 하인이란 걸 깨달았어요.

그 하인이 암탉을 훔쳐 달아났던 거예요.

잭이 암탉을 붙잡으려 하자 암탉은
꼬꼬댁거리며 발버둥을 쳤어요.

"조용히 해. 너는 원래 우리 닭이었어.
이제 내가 되찾았으니 나랑 함께
집으로 가자."

잭은 자꾸 꼬꼬댁거리는 암탉을
요정이 준 주머니에 넣고는 얼른
콩나무 쪽으로 달려갔어요.

거인은 닭의 꼬꼬댁 소리에 암탉이 없어진 걸
알아차리고 잭의 뒤를 따라왔어요.

"이 꼬마 도둑놈! 거기 서라!"

잭은 아차 싶었지만 들킨 이상 별수 없었어요.

잭은 콩나무에 매달려 서둘러 내려가기 시작했어요.

거인도 콩나무에 매달렸어요.

잭은 죽을힘을 다해 콩나무를 타고 내려왔어요.

거인도 열심히 따라 내려왔지만, 몸집이 워낙 커서 빨리
움직일 수 없었어요.

"서라, 이 도둑놈아! 서지 못해!"

앗, 저건
우리 집
암탉이잖아?

거인은 계속 소리를 치며 따라왔어요.

"우리 집에서 이 닭을 훔쳐 간 네가 진짜 도둑놈이다!"

잭은 땅에 거의 다 내려올 때쯤 어머니를 급하게 불렀어요.

"어머니, 도끼를 가져오세요. 어서요!"

"아니, 잭 아니냐?"

어머니는 뒷문을 열고 바라보다가 급히 도끼를 찾아왔어요.

잭은 땅에 내려오자마자 어머니가 준 도끼로 콩나무를 찍었어요.

잠시 후 콩나무가 잘리고, 거인은 땅에 떨어져 죽고 말았어요.

잭은 그제야 안심하고 긴 한숨을 쉬었어요.

어머니는 쓰러진 콩나무를 보며 눈이 휘둥그레졌어요.

"그런데 잭, 콩나무가 이렇게 빨리 자라다니 네 말대로 요술 콩이
분명하구나!"

잭은 어깨를 으쓱하며 되찾아온 암탉을 어머니에게 내밀었어요.

"아니, 이건 잃어버린 우리 암탉 아니냐?
네가 이걸 찾아오다니 정말 장하구나!"

잭과 어머니는 암탉을 안고 방으로 들어가서 암탉에게 말했어요.

"신기한 암탉아, 황금 알을 낳아 다오."

암탉은 금방 황금 알을 낳았어요.

그것을 본 어머니는 잭의 손을 잡고 말했어요.

"잭, 그동안 너를 야단쳐서 미안하다. 네가 순진하고 착해서 하늘이
우리를 도와주신 거로구나."

그 후로 잭과 어머니는 큰 부자가 되어 오래도록 행복하게 살았어요.

23

복숭아 소년 모모타로 - 일본 민담

아주 오랜 옛날, 일본의 어느 산속에 가난하지만 착한 할아버지와
할머니가 살고 있었어요.

할아버지는 매일 나무를 하러 산으로 올라갔어요.

할머니는 그동안 강가로 나가서 빨래를 하곤 했지요.

그러던 어느 날 강에서 빨래를 하던 할머니의 앞으로 복숭아가 둥둥
떠내려오는 것이었어요.

할머니는 할아버지와 나누어 먹으려고 복숭아를 광주리에 담아
가지고 집으로 돌아왔어요.

"영감, 오늘 강에서 주운 복숭아랍니다. 아주 잘 익었지요?"

할머니는 복숭아를 쪼개려고 칼을 집어 들었어요.

그런데 놀랍게도 복숭아가 스스로 두 쪽으로 갈라지더니, 그 속에
잘생긴 사내아이가 있는 게 아니겠어요.

슬하에 자식이 없던 할아버지와 할머니는 아주 기뻐하며,
아기 이름을 '모모타로' 라고 짓고 정성껏 키웠어요.

모모타로는 '복숭아 소년' 이라는 뜻이랍니다.

모모타로는 할머니가 밥을 지어 주면 눈 깜짝할 사이에 먹어
치우면서 하루하루 키가 크고 힘도 무척 센 소년이 되었어요.

그런데 모모타로에겐 한 가지 흠이 있었어요.

바로 게으르다는 것이었어요.

모모타로는 매일같이 자거나 먹기만 할 뿐이었어요.

언젠가는 동네 아이들이 모모타로에게 가서 말했어요.

"모모타로, 우리랑 산에 나무하러 가지 않을래?"

하지만 모모타로는 고개를 가로저었어요.

"나는 지게가 없어서 못 가."

다음 날도 아이들은 모모타로를 찾아와 나무하러 가자고 말했지요.

"나는 짚신이 없어서 갈 수 없어."

모모타로는 그렇게 대답하고는 낮잠을 잤어요.

할머니는 화가 나서 모모타로를 크게 꾸짖었어요.

그러자 다음 날 모모타로는 아이들을 따라 산으로 갔어요.

하지만 아이들이 나무를 하는 동안에도 꾸벅꾸벅 졸기만 했지요.

이윽고 해가 저물어 아이들이 집으로 돌아가려 할 때였어요.

모모타로는 그제야 잠에서 깨어나 이렇게 말했어요.

"나도 나무를 할 테니 조금만 기다려."

"지금 나무를 하기 시작하면 시간에 맞춰 돌아갈 수 없어."

그러자 모모타로는 큰 나무를
잡고 느닷없이 뿌리째 뽑아
버렸어요.

아이들은 깜짝 놀랐지요.

모모타로는 그 나무를 지고
다른 아이들과 함께 마을로
돌아왔어요.

모모타로는 '복숭아 소년'이래.

일본 사람들이 제일 좋아하는 전설의 주인공이지.

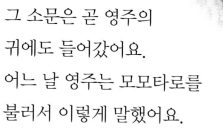

그 소문은 곧 영주의
귀에도 들어갔어요.
어느 날 영주는 모모타로를
불러서 이렇게 말했어요.
"못된 도깨비가 오랫동안 마을 사람들을
괴롭히고 있다네. 내가 듣기로 자네는 무척 힘이
세다는데, 그 도깨비를 혼내 줄 수 없겠나?"
모모타로는 마을 사람들을 위해 그 못된 도깨비의 섬으로 가기로
했어요.
할머니와 할아버지는 먼 길을 떠나는 모모타로에게 수수경단을
만들어 주었어요.
모모타로는 한참 길을 가다가 개를 만났어요.
"모모타로, 어디 가니?"
"도깨비를 혼내 주러 도깨비 섬에 간단다."
"그런데 들고 가는 것은 뭐니?"
"세상에서 가장 맛있는 수수경단이야."
"내가 하나 먹고, 너랑 같이 가면 안 될까?"
모모타로는 개에게 수수경단 하나를 주고
함께 길을 떠났습니다.
잠시 후, 그들은 원숭이와 꿩을
차례로 만났어요.

지게가 없어서
나무 하러 못 가.
쿨쿨쿨!

모모타로는 원숭이와 꿩에게도 수수경단을 하나씩 주고 함께 길을
떠나기도 했어요.
모모타로와 개, 원숭이, 꿩은 함께 배를 타고 도깨비 섬으로 갔어요.
그런데 아무리 배를 저어도 도깨비 섬이 보이지 않자 꿩이 하늘로
날아올라 도깨비 섬을 발견하고는 길을 안내했지요.
그들은 마침내 큰 성이 있는 도깨비 섬에 닿았어요.
성문이 굳게 잠겨 있었지만, 원숭이가 팔짝 뛰어 들어가 열었죠.
드디어 성안으로 들어간 모모타로는 잔치를 벌이고 있던
도깨비들에게 외쳤어요.
"나는 너희들을 혼내 주러 온 모모타로다."
그러자 도깨비들은 모모타로와 그 친구들을 비웃었어요.
그러나 세상에서 가장 맛있는 수수경단을 먹은
모모타로와 친구들은 무서울 게 없었어요.
모모타로는 칼을 뽑아 들고 싸웠고, 개는 달려들어
도깨비들을 물었어요.
결국 도깨비들은 울면서 애원을 했어요.
"다시는 나쁜 짓을 안 하겠습니다. 한 번만 살려 주세요."
싸움에서 진 도깨비들은 모모타로에게 보물을 주었어요.
모모타로는 보물을 가지고, 동물들과 함께 돌아왔어요.
집에서 걱정을 하고 있던 할아버지와 할머니는 모모타로를 보고
반갑게 맞이했어요.
그 후, 할아버지와 할머니와 모모타로는 행복하게 살았어요.

호랑이와 고양이가 앙숙이 된 사연

— 베트남 민담

먼 옛날 호랑이와 고양이는 매우 가까운 친척이었어요.

모습도 비슷했지만 나무를 타고 오르는 방법이나 기어 다니는 방법도 아주 비슷했지요.

둘은 이웃에 살며 서로 도와 가며 친하게 지냈어요.

고양이는 나무를 기어 오르는 법, 달리는 법, 뛰어오르는 법 등을 호랑이에게 가르쳐 주었어요.

그래서 호랑이는 고양이를 늘 존경했어요.

그러나 고양이는 천성이 몹시 게을렀어요.

먹이를 먹고 나면 따뜻한 곳을 찾아 잠을 자고, 잠에서 깨면 또다시 먹곤 했어요.

반면 호랑이는 아주 부지런해서 밤낮으로 먹이를 찾아 헤매다가 어떤 때에는 잠도 못 잘 때가 많았어요.

하루는 호랑이가 먹이를 찾아 나섰다가 돼지 한 마리를 잡았어요.

호랑이는 잡은 돼지를 집에 놔두었다가 나중에 천천히 먹으려 했어요.

모름지기 사냥을 잘하려면 나처럼 부지런해야지.

네가 사냥하면
나는 열심히
먹어 줄게.
쿨쿨쿨!

그러나 호랑이가 집을 비운 사이에
고양이가 돼지고기를 야금야금 거의 다 먹어
버렸어요.
밖에서 돌아온 호랑이는 배가 고파 잡아 놓은 돼지고기를
먹으려다 보니 맛있는 부분은 하나도 남아 있지 않았어요.
호랑이는 화가 치밀어 고양이를 몹시 꾸짖었어요.
평소 호랑이의 존경을 받던 고양이도 은근히 화가 났지요.
그래서 이때부터 둘은 서로를 미워했어요.
고양이는 비록 게으르지만 호랑이보다 영리했어요.
고양이는 마음속으로 호랑이를 골탕 먹일
계획을 세우고, 겉으로는 친한 척하며
호랑이에게 말했어요.
"나는 너의 훌륭한 재주를 잘 알아.
그런데 아직까지 네 재주를 본 적이
없거든. 저기 높은 나무가 있지?
너랑 내가 저 나무에

이상하다. 내가
먹이를 어디에
숨겼더라?

31

올라가는 시합을 해 보면 어떨까?"

호랑이는 고양이의 꼬드김에 당장 겨뤄 보자고 했어요.

이윽고 둘은 높은 나무를 기어오르기 시작했어요.

고양이가 재빨리 먼저 올라가고, 호랑이는 그 뒤를 따라

엉금엉금 기어 올라갔어요.

그런데도 고양이는 여전히 호랑이를 칭찬했어요.

"너는 나무를 진짜 잘 오르는구나. 그럼 이번에는 나무 위로

올라갔다 내려오는 시합을 해 보면 어때?"

고양이의 칭찬에 우쭐해진 호랑이는 그렇게 하자고 했어요.

고양이의 속셈을 모르는 호랑이는 자신이 이길 수 있다고

생각했어요.

고양이의 계략에 빠진 줄도 모르고 말이에요.

몸이 작고 가벼운 고양이는 나무에 올라갔다가

내려오는 일쯤은 식은 죽 먹기였어요.

그러나 몸이 크고 무거운

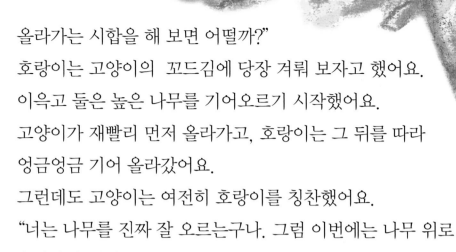

나도 너만큼
나무에 잘 오를 수
있거든.

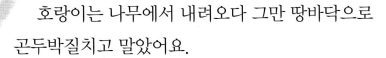

호랑이는 나무에서 내려오다 그만 땅바닥으로
곤두박질치고 말았어요.
코가 납작해진 호랑이는 너무 아파 어쩔 줄 몰랐어요.
이때부터 호랑이의 코는 납작하게 주저앉아 버렸어요.
속은 것을 안 호랑이는 고양이를 원수처럼 미워하게
되었어요.
그래서 호랑이는 언젠가 고양이를 만나기만 하면 복수를 해
주리라 마음속으로는 굳게 다짐했어요.
'고양이 녀석! 만나만 봐라! 이젠 네 똥조차 그냥 두지 않겠다.'
호랑이의 무서운 생각을 안 고양이는 이제까지 살던 산속에서
벗어나 사람이 사는 집에 숨어 들어와 살게 되었지요.
지금도 고양이가 똥을 싸고 흙으로 그 흔적을 완전히
덮어 버리는 건 혹시 호랑이가 발견하고 자신을
해치지나 않을까 두려워하기 때문이에요.

덩치만 컸지,
미련한
호랑이 녀석!

아무래도 내가
저 녀석에게 속은
것 같은데……

바닷물이 짠 까닭 - 노르웨이 민담

옛날 옛적에 어느 마을에 부자 형과 가난한 동생이 살았어요.

크리스마스에도 아침을 굶은 동생은 음식을 얻으러 형에게 갔어요.

형은 늘 도와 달라고 찾아오는 동생이 얄미워서 이렇게 말했어요.

"좋아. 내가 시킨 대로 한다고 약속하면 베이컨 한 덩이를 주지."

동생이 고개를 끄덕이자, 형이 말했어요.

"우선 베이컨 한 덩이를 주마. 이걸 갖고 지옥엘 다녀와라."

"알았어. 형과 약속을 했으니까 그대로 지킬게."

동생은 베이컨을 갖고 지옥으로 가다 한 노인에게 길을 물었어요.

"영감님, 저는 지금 지옥으로 가는 중인데, 이 길이 맞습니까?"

"그렇다네. 이 길을 쭉 따라가면 지옥이지. 자네가 지옥엘 가면

그곳은 고기가 귀해서 자네의 베이컨을 차지하려고 난리가 날 걸세.

하지만 지옥의 문 뒤에 있는 맷돌을 얻기 전에는 절대 주지 말게.

그 맷돌은 원하는 건 무엇이든 만들어 주는 아주 진귀한 물건일세.

자네가 그걸 가져오면 내가 사용법을 가르쳐 주지."

동생은 노인에게 인사를 하고 마침내 지옥의 문을 두드렸어요.

일단 지옥 안에 들어서자 진짜로 서로 베이컨을 차지하려고 악마들이

개미 떼처럼 달려들었어요.

동생은 악마들을 향해 외쳤어요.

"저 문 뒤에 있는 맷돌을 주기 전에는 절대로 줄 수 없어."

악마들은 잠시 망설이다가 워낙 고기에 굶주린 터라 맷돌과 베이컨을

여보, 마을 잔치를 열어도 되겠어요.

바꾸었어요.

이윽고 지옥을 빠져나온 동생은 노인에게 맷돌
사용법을 익혀 집으로 돌아왔어요.

집에서는 아내가 몹시 걱정스런 얼굴로
기다리고 있었지요.

"내가 어디 먼 곳을 다녀오느라고 이렇게
늦었소. 그나저나 내가 진귀한 물건을 가져
왔으니 한번 시험해 봅시다."

동생은 맷돌을 식탁 위에 올려놓고
크리스마스 잔치에 필요한 것들을 하나씩
말하기 시작했어요.

그랬더니 고기, 술, 과자를 말만 하면
맷돌이 알아서 척척 만들어 주었어요.

"오, 이럴 수가!"

두 사람은 내친김에 여러 가지 음식을 푸짐하게 장만해서
마을 사람들을 불러 잔치를 베풀었어요.

그러자 잔치에 온 형이 이상하게 생각하고
동생을 다그쳤어요.

"바른대로 대! 가난뱅이인 네가
어디서 저 음식을 장만한 거야?"

동생은 마지못해 대답했어요.

맷돌은 내가
잘 쓸게.

"사실은 맷돌이 나를 부자로 만들어
줬어."
형은 맷돌이 탐이 나서 동생에게 몇 푼의 돈을
주고 빼앗다시피 맷돌을 가지고 집으로 돌아갔어요.
이튿날 아침, 모두 들판으로 일하러 나간 사이에 형은 맷돌에게
원하는 것을 말했어요.
"청어 수프를 만들어 다오."
그러자 기다렸다는 듯이 맷돌은 청어 수프를 만들기 시작했어요.
그런데 형은 맷돌을 멈추는 방법을 몰랐어요.
동생에게 멈추는 법을 묻지 않고 맷돌을 가져왔기 때문이지요.
맷돌은 그사이에도 쉬지 않고 돌아서 마침내 온 집 안과 골목이 청어
수프로 흘러넘쳤어요.

"사람 살려!"

형은 수프에 빠져 죽을 뻔하다가 겨우 살아서 동생에게 달려갔어요.

"제발 맷돌을 멈춰 다오. 그냥 두면 마을이 청어 수프에 잠기겠어."

동생이 급히 달려가 맷돌을 멈추자, 형은 고개를 흔들며 말했어요.

"이 맷돌은 다시 네가 가져가. 나는 이 맷돌이 무서워……."

맷돌을 들고 집으로 온 동생은 형보다 더 멋진 집을 지었어요.

새 집은 온통 금으로 장식되어 있어 멀리서도 번쩍번쩍 빛이 났어요.

이제 그 집과 진귀한 맷돌 이야기는 세상에서 모르는 사람이 없었죠.

그러던 어느 날 해적이 소문을 듣고 배를 타고 와서 물었어요.

"이 맷돌이 소금도 만들어 낼 수 있나요?"

해적이 하필이면 소금을 물은 까닭은 당시엔 소금이 가장 귀하고 비쌌기 때문이에요.

"물론이지요. 이 맷돌은 무엇이든 만들어 내니까요."

그 말이 끝나자마자 해적은 칼을 빼들고 동생을 위협해서 맷돌을 빼앗아 바다로 도망쳤어요.

배가 바다 한가운데에 이르자 해적은 갑판 위에 맷돌을 꺼내 놓고 느긋하게 주문했어요.

"맷돌아, 맷돌아, 소금을 만들어 다오."

맷돌은 곧바로 빙글빙글 돌아가면서 소금을 쏟아 내기 시작했어요.

그러게 내가 욕심부리지 말랬지?

해적은 흐뭇한 미소를 지으며 다시 맷돌에게 말했어요.

"맷돌아, 그만 멈추어 다오."

하지만 맷돌은 여전히 빙글빙글 돌아갔어요.

해적은 눈이 휘둥그레져 안절부절못했어요.

"아차! 강제로 빼앗아 오느라 멈추는 법을 묻지 않았잖아!"

해적은 별 방법을 다 써 보았지만 맷돌은 멈추지 않았어요.

맷돌은 계속해서 소금을 쏟아 냈고, 마침내 소금은 산처럼

불어나서 배와 함께 바닷속 깊이 가라앉고 말았어요.

지금도 바닷속에서는 그 맷돌이 돌고 있어요.

그래서 온 세상 바닷물이 그렇게 짠

것이랍니다.

솔로몬 왕과 시바의 여왕 — 이스라엘 민담

하느님은 '지혜의 왕' 솔로몬에게 온갖 능력을 주었어요.
솔로몬은 모든 동물의 말을 알아들었고, 요귀나 마귀도 그의
앞에서는 무릎을 꿇었지요.
솔로몬 왕이 이스라엘을 다스릴 때는 나라의 힘이 워낙 강해 많은
나라가 이스라엘에 조공을 바쳤으며, 백성은 그 어느 때보다
살기가 좋았어요.
어느 날, 솔로몬 왕은 술을 마시고 기분이
좋아져서 이런 명령을 내렸어요.
"내 말을 알아듣는 온갖 동물을 궁전으로
불러라. 그들과 잔치를 벌이겠다."
명령을 받은 신하들은 숲에 사는
새와 짐승을 모두
불러들였는데, 단 하나

뇌조만은 모습을 보이지 않았어요.
솔로몬 왕은 화가 나서 뇌조를 잡아 벌을 주라고 명령했어요.
그런데 얼마 후 뇌조가 스스로 날아와 왕에게 말했어요.
"대왕님, 제가 늦은 데는 다 이유가 있어서랍니다. 제 말을 들어
보십시오. 저는 그사이 온 세상을 두루 돌아다니며 아직도 대왕께
복종하지 않는 나라가 어딘지 살펴보았는데, 그런 나라가 남쪽에 딱

한 군데 있었습니다. 그 나라는 길거리가 온통 금으로 덮인 시바라는
나라인데, 여왕이 다스리고 있었습니다. 만일 명령만 내리시면 제가
다시 날아가 그 여왕을 대왕님 앞에 대령시키겠습니다."
뇌조의 이야기를 들은 솔로몬 왕은 시바라는 나라가 궁금했어요.
그래서 뇌조의 말대로 편지를 써서 뇌조의 다리에 매어 주었지요.
솔로몬 왕의 명령을 받은 뇌조는 다른 새들과 함께 하늘 높이 올라가
시바를 향해 날아갔어요.
어느 날 아침, 시바의 여왕은 기도를 올리려 궁전을 나섰다가 하늘 저
끝에서 새들의 무리가 나타나는 걸 보았어요.
새들이 얼마나 많은지 태양마저 가려 주위는 칠흑처럼 변했지요.
깜짝 놀란 여왕이 신하들과 함께 깜깜해진 하늘을 보고 있을 때
뇌조가 여왕 앞에 내려와 앉았어요.
여왕은 뇌조의 다리에 편지가 매달린 것을 보고 뇌조에게 다가가서
편지를 풀어 읽어 보았어요.
거기에는 다음과 같은 내용이 씌어 있었지요.

백성들의 힘든
문제를 척척
해결한 훌륭한
왕이었다지.

성경에는 시바의
여왕이 솔로몬의
지혜에 크게
반했다고 그래.

43

시바의 여왕과 신하들에게

짐은 이스라엘의 왕 솔로몬이오. 하느님께서는 내게 큰 지혜와 힘을
주셔서 세상의 모든 생명체는 내 말을 듣고 모든 나라가 내게 조공을
바치고 있소. 그런데 '시바'라는 나라만은 지금껏 내게 인사조차
없었소. 만일 여왕이 다른 나라처럼 내게 조공을 바친다면 나는
시바라는 나라에 큰 은혜를 베풀 것이오. 그러나 내 말을 거역한다면
수많은 군대를 일으켜 공격할 것이오. 어떻게 하겠소? 내가 어떤
행동을 하는지는 오직 여왕에게 달려 있소.

편지를 읽은 여왕은 즉시 신하들을 불러 모으고 편지 내용을 말해 준
후 자신의 생각을 밝혔어요.
"이스라엘의 솔로몬 왕이 매우 지혜롭다고 하니, 나는 그의
지혜를 직접 시험해 보고 싶소."
여왕은 솔로몬 왕의 능력이 몹시 궁금해서 직접 찾아가 만나기로
하고 여행 채비를 서둘렀어요.
여왕은 뛰어난 뱃사람들을 모아서 크고 튼튼한 배들을 준비시키고,
배마다 금은보화와 향료를 가득 싣고 마침내 돛을 올렸어요.
시바에서 이스라엘까지는 무척 긴 여행이었어요.
여왕의 일행은 자그마치 3년에 걸쳐 항해를 한 끝에 드디어 솔로몬
왕의 궁전이 있는 예루살렘에 도착했지요.
소식을 들은 솔로몬 왕은 신하들 중에서도 특별히 잘생긴 요다야
장군을 보내 여왕의 일행을 영접하도록 했어요.

요다야 장군은 시바의 여왕에게 솔로몬 왕의 인사를 전했어요.
"저는 우리 대왕님께서 먼 길을 오신 여왕님을 극진히 영접하라는
명령을 받고 온 요다야 장군입니다."
"오, 그래요? 장군을 보니까 그 주인인 대왕께서는 얼마나 훌륭한
분일지 짐작이 가는군요."
솔로몬 왕은 요다야 장군의 안내를 받아 궁전으로 들어온 여왕의
일행을 반갑게 맞아 큰 잔치를 베풀어 주었어요.
그 자리에서 시바의 여왕이 말했어요.
"대왕이시여, 나는 대왕의 지혜에 대해 많은 이야기를 들었습니다.
이제 내가 세 가지 수수께끼를 낼 터이니, 만일 대왕께서 모두 맞히면
소문대로 세상에서 가장 지혜로운 분임을 인정하겠습니다. 하지만
알아맞히지 못하면 대왕께서도
보통 사람과 다르지 않다고
생각할 것입니다."

솔로몬 왕은 여왕의 말에 크게 흥미를 느껴 수수께끼를 내보라고
했어요.

그러자 시바의 여왕이 말했어요.

"나무로 만든 샘 속에서 쇠로 된 통이 돌을 퍼내기 시작하면 물이
흐릅니다. 그것은 무엇입니까?"

솔로몬 왕은 전혀 망설이지 않고 대답했어요.

"그것은 화장품 상자요. 나무로 만든 화장품 상자에서 조그만
쇠숟가락으로 눈 화장에 쓰는 돌가루를 퍼내어 눈꺼풀에 문질러

바르면 눈물이 흐르지요."

여왕은 고개를 끄덕이고 두 번째 수수께끼를 냈어요.

"흙 속에서 나와서 먼지를 먹고 반죽같이 되어 집 안을 엿보는 것이 있답니다. 무엇일까요?"

솔로몬 왕은 이번에도 쉽게 대답했어요.

"그것은 집을 지을 때 바르는 물감이오."

여왕은 이번에도 고개를 끄덕였고, 곧 마지막 문제를 냈어요.

"갈대처럼 머리를 늘어뜨리고 있다가 바람이 불면 좌우로 흔들리며 크게 울부짖습니다. 부자에겐 명예를, 가난한 사람에겐 수치심을, 죽은 사람에겐 장식이며, 살아 있는 사람에겐 고통이 됩니다. 그게 무엇인지 아시겠습니까?"

솔로몬 왕은 잠시 생각에 잠겼다가 입을 열었어요.

"그것은 모시요. 들판에서 자랄 땐 머리를 늘어뜨리고, 돛에 달면 바닷바람에 크게 울부짖으며, 좋은 옷을 입은 부자는 으스대며 자랑하고, 누더기를 입은 가난한 사람은 부끄러워하며, 죽은 자는 그 옷을 입혀 관 속에 넣고, 그 풀을 꼬아 밧줄을 만드니까 그 밧줄에 죽임을 당하는 죄인에겐 고통스럽기 짝이 없는 일이지요."

솔로몬 왕의 대답을 들은 여왕은 눈빛을 반짝이며 입을 열었어요.

"저는 지금껏 대왕만큼 지혜로운 분을 만난 적이 없습니다. 대왕께서는 역시 이 세상을 다스릴 만한 현명하신 분입니다."

시바의 여왕은 가지고 온 온갖 금은보화와 향료를 솔로몬 왕에게 바치고, 그 후로도 해마다 조공을 바치며 사이좋게 지냈어요.

모두 저의 자식들이랍니다.

해와 달과 바람의 이야기 - 인도 민담

옛날 옛날 밤하늘에서 반짝이는 별은 해와 달과 바람이라는 자식을
거느리고 살았어요.
하루는 해와 달과 바람이 이웃인 천둥이랑 번개와 함께 저녁을
먹으러 밖으로 나갔어요.
별은 혼자 집에 남아서 아이들이 돌아오기만을 애타게 기다렸지요.
그런데 남자인 해와 바람은 자기들만 생각하는 욕심쟁이였어요.
둘은 저녁을 먹을 때에도 집에서 기다리는 엄마인 별은 조금도
생각하지 않고 자기들만 마음껏 먹고 즐겼지요.
하지만 여자인 달은 달랐어요.
달은 맛난 음식이 나올 때마다 엄마에게도 맛을 보여 주려고 길고

아름다운 손톱 밑으로 조금씩 음식을 덜어 놓았지요.

별은 밤새 그 작은 눈을 깜박거리며 밖에 나간 자식들을 기다리다가

마침내 자식들이 돌아오자 기대 섞인 목소리로 물었어요.

"얘들아, 많이 늦었구나. 그런데 나를 위해서는 무엇을 가져왔니?"

그러자 큰아들인 해가 눈을 멀뚱거리며 대답했어요.

"가져오다니요? 우리는 저녁을 먹으며 재미나게 놀려고 나갔지

무엇을 싸 가지고 오려고 나간 게 아니에요."

별은 실망한 표정으로 작은아들인 바람에게 물었어요.

"너는 나를 위해 무엇을 가져왔니?"

그러자 바람도 잔뜩 퉁명스러운 목소리로 대답했어요.

"저도 아무것도 안 가져왔어요. 설마 즐겁게 놀러 나간 제가

뭘 싸 오길 바란 것은 아니겠죠?"

별은 울상이 되어 막내딸인 달에게 물었어요.

"너도 오빠들과 마찬가지로 빈손으로 왔니?"

하지만 달의 대답은 달랐어요.

"아니에요. 저희만 먹기 아까워

맛난 음식들을 덜어 왔어요."

달은 부지런히 접시를 꺼내

가져온 음식들을 담기

시작했어요.

집에 계신
어머니께도
이 맛난 음식들을
드리고 싶구나.

49

별은 세 자식을 찬찬히 훑어보다가 하나씩 말을 꺼내기 시작했어요.

먼저 큰아들인 해에게 말했어요.

"너는 집에 있는 내 생각은 조금도 하지 않고 혼자 놀다 왔으니 벌을
받아 마땅하다. 앞으로 너는 불덩이처럼 뜨겁고 이글이글 타올라서
네가 만지는 건 무엇이든 태워 버리게 될 것이다. 그래서 사람들은 널
미워하며 네가 나타날 때마다 모자로 얼굴을 가리려 들 것이다."

그래서 오늘날까지도 해는 그렇게 뜨거운 것이지요.

그 다음은 작은아들인 바람에게 말했어요.

"너 역시 혼자 노는 데 정신이 팔려 나를 잊었으니 벌을 받아
마땅하다. 너는 앞으로 뜨겁고 건조한 날씨에만 불어서 살아 있는
모든 것을 바짝 말리고 시들게 만들 것이다. 그래서 사람들은 너를
몹시 싫어하며 피하려 할 것이다."

그래서 오늘날까지도 뜨거운 날씨에 부는 바람을 사람들이 몹시
싫어하는 것이지요.

마지막으로 딸인 달에게는 부드러운 목소리로 말했어요.

"애야, 너는 나를 잊지 않고 네 즐거움을 나눠 주려 했으니 이제부터
너는 언제나 서늘하고 고요하며 밝게 빛날 것이다. 너의 순수한
빛에서는 해로운 눈부심이 전혀 없으니, 사람들은 항상 네 빛을
축복으로 여기게 될 것이다."

그래서 오늘날까지도 달빛은 항상 부드럽고 서늘하며
아름다운 것이에요.

저는 엄마 생각이
나서 음식을 조금
덜어 왔어요.

맛있는 것을
저 혼자 먹기도
바쁜데 언제 싸 올
틈이 있겠어요?

앞으로
저한테는 아무것도
기대하지 마세요.

51

표트르 황제와 석공 — 러시아 민담

옛날 러시아에는 표트르라는 훌륭한 황제가 있었는데, 하루는 사냥을
나갔다가 돌을 다듬어 물건을 만드는 석공을 만나 물었어요.
"그대는 하루에 얼마나 버는가?"
석공은 묻는 사람이 황제인 줄도 모르고 태연히 대답했어요.
"하루에 100코페이카 정도 번다오."
"그럼 그 돈은 어떻게 쓰는가?"
"3분의 1은 집안을 위해 쓰고, 3분의 1은 빌려 주고, 3분의 1은
창밖으로 내던져 버린다오."
황제는 석공의 말이 얼른 이해되지 않아서 다시 물었어요.
"그게 무슨 뜻인가? 조금 자세히 설명해 보게."
석공은 그제야 들고 있던 연장을 놓으며 천천히 입을 열었어요.
"3분의 1은 부모님을 위해 쓰니까 집안을 위해 쓰는 것이고,

표트르 황제는 가난한 러시아를 강한 나라로 만든 황제입니다.

외국의 새로운 문물을 직접 배워올 정도로 열성파였답니다.

3분의 1로는 두 아들을 기르니까 나중에 자라서 갚으라고 빌려 주는
것이고, 나머지 3분의 1로는 두 딸을 기르지만 딸들은 시집가면
그뿐이니까 창밖으로 던져 버리는 거나 마찬가지란 말이오."
황제는 마음속으로 석공의 지혜에 감탄하며 물었어요.
"그대는 이 나라의 황제를 본 적이 있는가?"
"아니요. 본 적은 없지만 한번 만났으면 좋겠소."
"그럼 내가 황제를 만나게 해 줄 테니 따라오시오. 우리가 이제
마을로 내려가면 모든 사람들이 모자를 벗을 텐데, 오직 한 사람만
모자를 쓴 채 있을 것이오. 그 사람이 바로 황제요."
황제는 석공을 데리고 마을로 내려갔어요.
그러자 온 마을 사람이 모자를 공중 높이 집어던지며 황제를
환영했으나, 오로지 석공 옆에 선 사람만은 모자를 쓴 채 있었어요.

54

석공은 그제야 그가 황제임을 깨닫고 무릎을 꿇었어요.

"폐하, 저의 무례를 용서해 주십시오."

황제는 지혜로운 석공이 마음에 들어 궁전으로 데려갔어요.

그곳에서 황제는 신하들을 불러 놓고 이렇게 말했어요.

"이 석공은 하루에 100코페이카를 벌어 3분의 1은 집안을 위해 쓰고, 3분의 1은 빌려 주고, 3분의 1은 창밖으로 던져 버린다고 한다. 이 말이 무슨 뜻인지 사흘 안에 알아내는 사람에겐 큰 상을 내리겠다."

하지만 신하들은 아무리 고민해도 그 뜻을 알 수 없었어요.

결국 그들은 석공에게 직접 물어보기로 했어요.

"당신의 말이 무슨 뜻인지 알려 주면 원하는 걸 모두 주겠소."

석공은 빙그레 웃으며 쓰고 있던 모자를 벗어 들었어요.

"여기에 금화를 가득 채워 주면 정답을 알려 드리겠습니다."

신하들은 즉시 모자에 번쩍이는 금화를 채워 주고
답을 알아냈어요.

마침내 사흘이 지났어요.

다시 황제 앞에 모인 신하들이
정답을 말하자 황제는 짐짓
근엄한 표정으로 그들을 꾸짖었어요.

"나는 당신들 스스로 알아내라고 했지 석공을
돈으로 꾀어 알아내라고는 하지 않았소."

신하들은 부끄러워 모두 고개를 숙였어요.

그런데 석공은 조금도 부끄러워하지 않고
성큼 나서며 입을 열었어요.

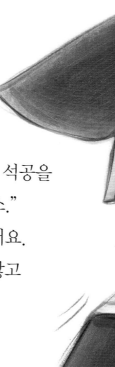

"폐하, 저는 돈이 탐나 그런 게 아닙니다. 금화에는 폐하의 얼굴이 새겨 있는데 차마 그것을 땅에 떨어뜨릴 수 없어 받은 것뿐입니다."

황제는 석공의 놀라운 임기응변에 또다시 감탄하고 신하들과 함께 저녁을 먹는 자리에도 그를 데려갔어요.

신하들은 그런 석공이 미워 한 가지 꾀로 그를 골려 주기로 했어요.

식사가 끝나자마자 신하들 중 한 사람이 벌떡 일어나더니 뺨 때리기 놀이를 하자는 것이었어요.

그것은 각자 돌아가며 옆 사람의 뺨을 가볍게 때리는 놀이였는데, 순서대로라면 석공은 황제의 뺨을 때려야 했어요.

놀이가 시작되고 마침내 석공의 차례가 되었어요.

황제는 물론 모든 신하들은 그가 어떻게 나올지 궁금했지요.

그는 문득 자리에서 일어나더니 주위를 보며 한 가지 질문을 했어요.

"언젠가 저는 꿈에서 할머니와 함께 산에서 나무 뿌리를 캤지요.
그런데 그 뿌리를 캐면 캘수록 우리 몸은 점점 땅속으로 빠졌어요.
그러자 저는 할머니께 땅을 그만 파고 돌아가자고 했는데, 만일
여러분이 제 입장이라면 어떻게 하시겠습니까?"

대신들은 한목소리로 대답했어요.

"그야 당연히 땅을 그만 파고 돌아가야지!"

그러자 석공은 황제의 뺨을 때리려던 손으로 반대편 신하의 뺨을
가볍게 때리며 덧붙였어요.

"그럼 이렇게 되돌아갑시다!"

황제는 그 장면을 보고 껄껄 웃으며 석공에게 큰 벼슬을 내렸어요.

58

물고기를 사랑한 아가씨 — 나이지리아 민담

아프리카 서쪽 바닷가에 있는 나이지리아라는 나라의 이야기예요.
세상 사람들이 지금처럼 많지 않고, 하늘에서 내려오는 햇살도 훨씬
맑고 투명하던 오랜 옛날에는 사람과 동식물이 아주 친해서 어떨
때는 서로 모습을 바꾸는 요술을 부리기도 하며 살았지요.
그 나라의 어떤 마을에 아주 예쁜 아가씨가 살고 있었어요.
아가씨는 스스로도 예쁘다고 믿고 있어서 어지간히 잘생긴 남자가
아니면 결혼하지 않기로 마음먹었어요.
그러던 어느 날이었어요.
아가씨는 장을 보러 갔다가 꿈에 그리던 멋진 남자를 만나게 됐어요.
어찌나 마음에 들었던지 아가씨는 남자의 뒤를 살금살금 따라가
사람들의 발길이 뜸한 곳에 이르러 마음을 고백했어요.
"저는 첫눈에 당신에게 반했답니다. 제발 저와 결혼해 주세요."
잘생긴 남자는 눈을 커다랗게 떴다가 미소를 지으며 대답했지요.
"고맙습니다. 물론 저도 그러고 싶지만 저는 사람이 아니라
물고기랍니다. 바깥세상을 구경하려고 요술을 부려서 나온 거지요."
남자에게 반한 아가씨에게는 그런 것쯤은 문제가 되지 않았어요.
"그래도 좋아요. 지금처럼 가끔 사람으로 변해서 나와 놀아 준다면
당신의 아내가 되고 싶어요. 부탁이에요."
아가씨의 마음이 워낙 간절해서 남자는 고개를 끄덕였지요.
"좋습니다. 그럼 나와 함께 내가 사는 곳으로 갑시다."

남자는 아가씨를 데리고 강가로 가서 말했어요.

"이 강물 속이 내가 사는 곳입니다. 내가 보고 싶거든 언제든지 이
강가로 와서 지금부터 내가 가르쳐 주는 노래를 부르세요. 그러면
내가 나타날 겁니다."

말을 마친 남자는 아가씨에게 다음과 같은 노래를 들려주었어요.

물고기야, 물고기야, 강에 사는 물고기야.

네가 보고 싶어 이 맑은 물가로 찾아왔다.

너도 내 모습을 보고 싶거든

그 잘생긴 얼굴로 얼른 나타나 다오.

아가씨는 남자가 가르쳐 준 노래를 여러 번 따라 불렀어요.

이윽고 노래에 익숙해지자 두 사람은 오랫동안 서로 손을 잡고

사랑의 이야기를 나누다가 남자는 물속으로 사라졌어요.

그날부터 아가씨는 날마다 맛있는 음식을 만들어서 사람들의

눈을 피해 강가로 와서 노래를 부르며 남자를 불러냈어요.

그때마다 물고기 남자는 어김없이 나타나 함께 즐겁게

놀다가 사라지곤 했지요.

한동안 행복한 시간이

흘렀어요.

그런데 매일 음식을 싸서

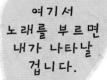

여기서
노래를 부르면
내가 나타날
겁니다.

밖으로 나가는 딸을 이상하게 여긴 아버지는
아들에게 몰래 딸의 뒤를 밟게 했어요.
동생은 누나의 뒤를 따라가 보았지요.
그랬더니 물속에서 나온 사람과 누나가
사랑을 나누는 게 아니겠어요?
동생은 깜짝 놀라 아버지에게 이 사실을 알렸어요.
"그럴 수가?"
깜짝 놀란 아버지는 딸이 돌아오자 조용히
타일렀어요.
"사람과 물고기가 서로 사랑할 수는 없다.
지금 당장 할아버지 댁으로 가서 반성하거라."
아가씨는 할 수 없이 보따리를 싸들고
멀리 떨어진 할아버지 댁으로 갔지요.
딸이 집을 비우자 아버지는 아들을 불렀어요.
"너는 나랑 그 물고기 남자가 있는 강가로 가자.
아무리 생각해도 그냥 살려 두면 안 되겠다."
아버지는 손도끼를 품속에 감추고 있었어요.
강가에 도착한 아들은 누나가 했던 것처럼
물고기가 가르쳐 준 노래를 불렀어요.
그러자 물고기 남자는 아가씨가 노래를
부르는 줄 알고 얼굴을 물 위로 쑥 내밀었어요.

기다리고 있던 아버지는 그만 손도끼로
남자를 내리쳤고, 물고기 남자는 죽고 말았어요.
남자는 죽는 순간 원래의 물고기 모습으로 되돌아갔어요.
아버지는 강 위에 둥둥 떠 있는 죽은 물고기를 아들과 함께 건져
내어 집으로 가져와서는 소금을 발라 햇볕에 널어 두었어요.
그러고는 아들에게 누나를 불러오라고 시켰지요.
딸이 돌아오자 아버지는 말린 물고기를 구워 반찬으로 내놓았어요.
아버지는 딸이 그 고기를 먹기만 하면 부끄러워 다시는 물고기
따위와는 사랑을 하지 않을 거라 생각했지요.
아가씨는 그런 줄도 모르고 구운 물고기를 맛있게 먹으려 했어요.
그때 보다 못한 동생이 노래를 불렀어요.

세상에 이런 슬픈 일이 어디 있을까
아내가 집을 비운 사이 남편은 죽었다네.
죽은 남편의 몸은 불에 구워져 밥상 위에 올랐는데
아내는 그런 줄도 모르고 맛있게 먹으려 하네.

아가씨는 노래를 듣자 문득 이상한 생각이 들어 강가로 달려갔어요.
그러고는 남자를 만날 때 부르던 노래를 불렀지요.
하지만 아무리 노래를 불러도 그 잘생긴 남자의 모습은 나타나지
않았어요.
아가씨는 그만 지쳐서 물가에 주저앉으며 눈물로 하소연을 했어요.

저 세상이라도
기꺼이 당신을
만나러 가겠어요.

신이여, 강에 사는 여신이여.
아내는 돌아와도 남편은 보이지 않습니다.
혹시라도 남편이 이 세상에 있지 않거든
저 강물을 핏빛으로 붉게 물들여 주세요.

그런데 노래가 끝나자 놀랍게도 강물이 붉게 물드는 게 아니겠어요.
아가씨는 그제야 물고기 남편이 죽은 것을 확실히 깨닫고 슬피
울다가 그만 자기도 강물 속으로 뛰어들었어요.
모든 것을 지켜보고 있던 강의 여신은 아가씨의 사랑이 기특해서
물속으로 뛰어든 그녀를 자신의 시녀로 삼았어요.
지금도 나이지리아 강가를 지나다 보면 문득 노랫소리가
들리는데, 마을 사람들은 여신의 시녀가 된 아가씨가
아직도 슬픔을 못 이겨 부르는 것이라고 생각하지요.

하얀 배를 타고 저승에 다녀온 사나이
—미국 민담

미국 땅의 원래 주인인 아메리카 인디언들의 이야기예요.

인디언 마을에 키가 크고 힘이 아주 센 젊은이가 있었어요.

그 젊은이는 얼굴도 잘생겨서 그 마을에서 가장 예쁜 아가씨와

한여름에 만나 흰 눈이 펑펑 내릴 때 결혼하기로 약속했어요.

젊은이는 어서 빨리 겨울이 오기를 손꼽아 기다렸어요.

그런데 가을이 지나고 막 겨울이 시작될 무렵에 아가씨가 그만 병에

걸려 죽고 말았어요.

젊은이는 너무 슬퍼서 밥도 먹지 못하고 매일 눈물로 보냈어요.

보다 못한 친구들이 말했어요.

"이제 죽은 사람은 그만 잊고 우리랑 사냥이나 떠나세."

하지만 젊은이는 꼼짝도 않은 채 고개를 가로저었어요.

"싫어. 나는 그 아가씨의 죽음을 지금도 못 믿겠어."

그러던 젊은이가 마침내 자리를 털고 일어나며 외쳤어요.

"죽음도 우리를 갈라놓지 못해. 그러니 저승엘 가서라도

반드시 아가씨를 찾아오고 말 거야."

오랜 옛날부터 인디언 부족들 사이에는 '저승은 숲

속으로 난 길을 따라 가다 보면 겨울이 없는

먼 남쪽 나라에 있다.' 는 말이 전해 오고 있었지요.

젊은이는 그 말에 따라 숲 속으로 들어가 무작정 남쪽으로 걸었어요.

때는 겨울이었는데, 눈 덮인 숲길을 몇 날 며칠을 걷자 드디어 온갖

꽃들이 피어나고 새소리가 들리는 낯선 풍경이 나타났어요.

'흠, 이곳이 말로만 듣던 늘 푸른 나라인 모양이군. 아무튼 따뜻한

남쪽은 틀림없으니, 저승도 이 근처 어디에 있겠지.'

젊은이는 용기를 얻어 늘 푸른 나라의 숲길을 한참 동안 걸었어요.

그러자 멀리 바라보이는 길가에 오두막이 한 채 나타났어요.

젊은이는 빠른 걸음으로 그 집에 다가가 문을 두드렸어요.

집주인은 머리가 은빛으로 하얗게 빛나는 노인이었어요.

그는 젊은이를 반갑게 맞이하며 이렇게 말했어요.

"잘 찾아왔군 그래. 그러잖아도 얼마 전에 예쁜 아가씨가

이 앞을 지나가는 걸 보고, 어쩌면 그 아가씨를 잊지 못한

젊은이가 찾아올지 모른다고 생각했지. 여기는 저승으로

가는 길목이어서 종종 그런 일을 겪지. 저승으로 가는

건 말리지 않겠네. 하지만 저승에는 몸은 남겨

두고 마음만 가야 한다네. 그러니 젊은이도

몸은 여기에 맡겨 놓게나."

젊은이는 노인의 말대로 몸은 맡겨 두고

마음만으로 그 아름다운 숲길을

나는 듯이 달려갔어요.

여기가 저승으로 가는 길이군!

그렇게 얼마를 갔을까?

마침내 사람은 하나도 보이지 않는 큰 호수가 나타났고, 그 위에는
하얀 배가 놓여 있었어요.

'오, 저승에는 이 배를 타고 가야 하는가 보다.'

젊은이가 얼른 올라타자 배는 마치 기다리고 있었다는 듯
미끄러지더니, 나중에는 물새처럼 빨리 물 위를 달렸어요.

하얀 배가 나아가자 어둠의 나라가 펼쳐지는가 싶더니 안개의 나라가
시작되었어요.

그 안개를 헤치고 다시 얼마간 달려가자 저 앞에서 젊은이가 탄 것과
똑같은 배가 바람처럼 달리고 있었어요.

"이럴 수가……!"

젊은이는 벌린 입을 다물지 못했어요.

배 안에는 꿈에도 못 잊는 사랑하는 아가씨가 있었거든요.

젊은이는 아가씨의 이름을 소리쳐 부르며 더 빨리 달려
마침내 아가씨의 배를 따라잡았어요.

사랑하는 두 사람은 비록 몸은 없지만
마음만으로 서로의 손을 잡았어요.

그리고 두 사람은 한 배에 올라타고 저승을 향해
계속 나아갔어요.

다시 얼마 동안 안개와 어둠이 번갈아 가며
펼쳐지더니 이윽고 아름다운 섬에 닿았어요.

당신이 가는
곳이면 죽음도
마다하지
않겠소.

마침내 저승에 도착한 것이지요.
젊은이는 아가씨의 손을 꼭 잡은 채 저승의
왕을 찾아가 눈물로 애원을 했어요.
"저승의 왕이여, 저희는 결혼할 사이인데
죽음 때문에 이렇게 갈라졌습니다.
우리는 살아생전 아무 잘못도 저지르지
않았고, 누구를 해친 적도 없습니다.
부탁입니다. 이 아가씨를 살려서 저희 두
사람이 부디 행복하게 살도록 해 주십시오."
저승의 왕은 젊은이의 말을 듣고 미소 지었어요.
"사랑하는 사람을 위해 저승까지 온 젊은이의 용기가 갸륵하구나.
하지만 이승과 저승은 엄연히 나뉘어 있어서, 이 두 세계가 뒤섞이면
엄청난 문제가 생긴다네. 젊은이는 돌아가서 이승에서 못 다한
일들을 마치고 다시 오게나. 그동안 아가씨는 내가 잘 보살피고
있다가 그대가 돌아오면 영원히 함께 행복하게 살게 해 주겠네."
젊은이는 더 이상 고집을 부릴 수 없었어요.
그는 저승의 왕에게 훗날을 기약하며 인사를 하고, 다시 이승의
세상으로 돌아왔어요.
돌아온 젊은이는 그 인디언 마을의 추장이 되었어요.
그래서 살아생전 자기가 해야 할 일들을 훌륭하게 마친 다음
저승으로 가서 예쁜 아가씨와 영원히 행복하게 살았대요.

오리너구리는 어떻게 생겨났을까
- 오스트레일리아 민담

옛날 오스트레일리아의 시냇가에는 철없는 오리 아가씨가 살았어요.
그 오리 아가씨는 겁이 없어서 곧잘 혼자 헤엄치는 걸 좋아했어요.
"얘, 그렇게 겁 없이 놀다가는 물귀신이 언제 잡아갈지 모른단다."
다른 오리들이 걱정이 되어 말렸지만 오리 아가씨는 조금도 귀담아
듣지 않았지요.
그날도 오리 아가씨는 혼자 물장구를 치며 놀다가 파릇파릇 새싹이
돋아나는 언덕을 보고 신기해서 물가로 올라갔어요.
"어머나, 예쁘기도 해라!"
오리 아가씨는 한참이나 새싹을 구경하느라 정신이 팔렸지요.
그런데 아까부터 숨어서 그 모습을 지켜보던 사나운 물쥐가 그만
오리 아가씨의 손목을 꽉 붙들고 무섭게 말했어요.
"이봐, 오리 아가씨! 나도 아직 총각이야. 나랑 결혼해 줘."
오리 아가씨는 깜짝 놀라며 도리질했어요.
"미안하지만 이미 엄마가 정해 준 짝이 있어요.
제발 돌려보내 주세요."

"흥! 그럴 순 없어. 나랑 결혼해 주지 않으면
이 가시로 찌를 거야!"

"나를 보내 주지 않으면 우리 오빠들이 몰려와 당신을
혼내고 나를 구해 줄 거예요."

"흥, 천만에! 오빠들이 이곳으로 오기 전에 물귀신이 먼저
잡아갈걸. 설령 이곳까지 와도 나는 싸워 이길 자신이 있어.
잔말 말고 나랑 결혼해 줘."
물쥐는 입가의 가시를 들이밀며 오리 아가씨를 위협했어요.
결국 오리 아가씨는 물쥐에게 잡혀서 함께 살게 되었어요.
오빠와 언니들이 그녀를 찾는 목소리가 먼 곳에서 들렸지만 오리
아가씨는 물쥐가 무서워 달려가지 못했어요.

도대체 누구
새끼이기에 이렇게
못 생겼을까?

그리고 며칠이 지나서 그 소리마저 잠잠해지자 오리 아가씨는
하는 수 없이 물쥐를 좋아하는 척하기로 했어요.
일단 물쥐를 안심시키고 물쥐가 한눈을 팔 때 도망칠 작정이었지요.
한동안 오리 아가씨가 상냥한 태도를 보이자 물쥐는 정말 자기를
좋아하는 줄 착각하고 예전처럼 낮잠을 자며 감시를 게을리했어요.
그러던 어느 날, 오리 아가씨는 물쥐가 잠든 틈을 타서 동굴을
살금살금 빠져나와 시냇물로 뛰어들었어요.
그러고는 정신없이 헤엄을 쳐서 마침내 살던 마을로 돌아왔어요.
죽은 줄 알았던 오리 아가씨가 살아서 돌아오자 마을의 오리들은
그녀를 둘러싸고 온갖 질문을 퍼부었어요.
"얘, 물쥐들은 어떻게 살던?"
"에구머니! 물쥐의 그 고약한 냄새를 어떻게 견디고 여태 살았니?"
오리 아가씨는 다른 오리들에게 정성껏 대답해 주었어요.
그러자 오리들은 서로에게 이렇게 당부하는 것이었어요.
"얘들아, 지금부터는 행동을 특별히 조심하지 않으면 안 될 것 같다.
조만간 물쥐가 복수하러 나타날지도 모르니까 말이야."
그러나 오리들의 염려와는 달리 물쥐는 나타나지 않았어요.
오리 아가씨는 그제야 안심하고 옛날처럼 자유롭게 돌아다녔어요.
어느덧 시간이 흘러 오리들이 알을 낳는 계절이 다가왔어요.
수많은 엄마 오리들은 알을 낳을 둥지를 찾아 헤매기 시작했어요.
그 중에는 나무 구멍을 둥지로 선택한 오리도 있고, 수풀 사이를
둥지로 선택한 오리도 있었어요.

오리너구리는 새는 아니지만 오리처럼 알을 낳는답니다.

알에서 깨어난 새끼는 어미 젖을 먹고 자라지요.

오리들이 그렇게 둥지를 마련해 알을 낳은 다음, 그 알을 오랫동안 깃털로 따뜻하게 품고 있으면 얼마 후 솜털이 보송보송한 새끼 오리가 알을 깨고 나왔어요.

그런데 이상한 일이 벌어졌어요.

엄마 오리들이 둥지를 찾을 무렵 오리 아가씨의 몸에도 이상한 변화가 생기더니 어느 날 알을 낳았어요.

마침내 다른 오리 새끼들이 알을 깨고 나올 때 오리 아가씨가 낳은 알에서도 새끼들이 껍데기를 깨고 나왔어요.

"어머나, 망측해라!"

오리 아가씨는 물론이고 다른 오리들도 깜짝 놀랐어요.

오리 아가씨의 새끼들은 다른 새끼들과 무척 다른 모습이었거든요.

오리 아가씨의 새끼들은 다리가 네 개였으며, 뒷다리에는 물쥐처럼 뾰족한 가시가 달려 있었어요.

오리 아가씨는 애써 태연한 척하며 새끼들을 키웠어요.

하지만 새끼들이 자랄수록 다른 오리들의 구박이 심해졌어요.

"얘들은 오리가 아니라 물쥐에 가깝다고. 저 날카로운 가시가 돋친 뒷발을 좀 봐. 게다가 늘 고약한 냄새가 나잖아? 이것들은 당장

내쫓아 버려야 한다고!"

마침내 오리 아가씨네 식구들은 다른 오리들의 등쌀에
못이겨 마을에서 살지 못하고 쫓겨나게 되었어요.
쫓겨난 오리 아가씨는 눈물을 글썽거리며 한숨을 내쉬었어요.
"휴! 이 어린것들을 데리고 어디로 가야 하나. 마을에서도 살 수 없고,
그렇다고 물쥐에게 갔다가는 당장 물어 죽일 것 같으니……"
오리 아가씨는 새끼들을 데리고 무작정 마을과 멀리 떨어진 곳으로
걸어갔어요.
그렇게 한참을 걷다가 보니 어느새 숲이 우거진 산이 나타났어요.
그곳은 물도 맑고, 새끼들을 괴롭히는 다른 오리가 없어서 좋았어요.
오리 아가씨는 그곳에 머물며 새끼들을 기르기 시작했어요.
세월이 흘러 오리 아가씨는 자기가 살았던 마을엔 영원히 돌아가지
못한 채 낯선 산기슭에서 쓸쓸히 죽어 갔어요.
하지만 오리 아가씨의 새끼들은 무럭무럭 자라 새끼들을 낳고, 그
새끼들은 다시 짝을 지어 다른 새끼들을 낳았어요.
긴 세월이 흘러 그 산기슭에는 오리 아가씨의 후손들로 가득 찼지요.
사람들은 오리도 아니고 물쥐도 아닌 오리
아가씨의 후손들을 오리너구리라고 불렀어요.
그래서 오늘날 오스트레일리아의 산기슭에는 오리
아가씨의 후손이 바닷가의 모래알만큼이나
많이 퍼져 살게 되었어요.

제발 저 얄미운 계집애만 없다면 좋겠는데.

신기한 오렌지 나무 — 아이티 민담

아이티는 서인도 제도의 조그마한 섬나라예요.

옛날 이곳에 엄마를 잃은 소녀가 살았어요.

소녀의 아빠는 곧 다시 장가를 들었고,

소녀에게는 계모가 생겼지요.

그런데 이 계모가 어찌나 심술궂던지 걸핏하면

소녀를 때리고 밥을 굶기곤 했어요.

그러던 어느 날이에요.

학교에서 돌아온 소녀는 식탁 위에 놓인

오렌지를 발견하고 침을 꿀꺽 삼켰어요.

"야, 참 맛있게도 생겼네."

소녀는 처음엔 먹고 싶은 걸 애써 참았으나,

워낙 배가 고팠기에 하나만 살짝 맛보기로 했어요.

"흠……, 생긴 것처럼 맛도 좋네!"

소녀의 입안에서는 다시 침이 그득 고였어요.

"에이, 하나만 더 맛보는 거야."

소녀는 다시 오렌지 하나를 집어 들어 입안에 넣었어요.

그렇게 하나 둘 먹다가 어느새 접시의 오렌지를 모두 먹어 버렸어요.

못된 계모가 집으로 돌아온 건 바로 그때였어요.

계모는 오렌지가 모두 없어진 것을 알고는 길길이 날뛰었어요.

"누가 내 오렌지를 다 먹은 거야? 내가 끝까지 찾아내서 요절을 내고
말 테다."

계모가 팔을 걷어붙이며 악을 써 대는 바람에 소녀는 겁이 나서
바른대로 말도 못하고 밖으로 도망쳐 나왔어요.
소녀가 달려간 곳은 자기 엄마의 무덤이었어요.
그곳에서 소녀는 도와 달라고 울며 기도하다가 잠이 들고 말았어요.
소녀가 다시 눈을 떴을 때는 밝은 햇살이 비치는 아침이었어요.
소녀가 눈을 부비며 일어날 때 무언가 툭 하고 떨어지는 것이었어요.
자세히 살펴보니 그것은 오렌지 씨앗이었어요.
씨앗은 그대로 땅속에 박히더니 금세 싹을 틔웠어요.
깜짝 놀란 소녀는 오렌지 싹을 보며 저도 모르게 노래를 불렀어요.

오렌지야, 오렌지야, 무럭무럭 자라 다오.
내 엄마는 친엄마가 아니란다, 오렌지 나무야.

그러자 신기하게도 오렌지 싹은 무럭무럭 자라
금세 소녀의 키만한 나무가 되었어요.
호기심이 생긴 소녀는 계속 노래를 불렀어요.

오렌지야, 오렌지야, 가지를 뻗어 다오.
내 엄마는 친엄마가 아니란다,
오렌지 나무야.

내 엄마는
친엄마가
아니란다. 흑흑!

그때였어요. 오렌지 나무는 마치 팔을 내밀듯 불쑥불쑥 가지를 뻗어
얼기설기 엉키기 시작했어요.
소녀는 신이 나서 노래를 불렀어요.

오렌지야, 오렌지야, 꽃을 피워 다오.
내 엄마는 친엄마가 아니란다, 오렌지 나무야.

이번에도 오렌지 나무는 금방 꽃을 피워 온 나무가 온통
아름다운 꽃으로 뒤덮였어요.

오렌지야, 오렌지야, 열매를 맺어 다오.
내 엄마는 친엄마가 아니란다,
오렌지 나무야.

놀라운 일이 일어났어요!
오렌지 나무의 수많은 가지에
대롱대롱 탐스러운 오렌지가
잔뜩 열린 것이에요.
너무 신이 난 소녀는 오렌지
열매를 가득 따서 집으로
달려갔어요.

계모는 소녀가 따온 오렌지를 허겁지겁 집어먹더니 이윽고 배가
부르자 이맛살을 찌푸리며 소녀에게 물었어요.
"얘, 이 맛있는 오렌지는 어디서 난 거니?"
소녀가 아무 대답도 하지 않자 계모의 눈이 길게 찢어졌어요.
"말하지 못해! 어디서 났느냐니까?"
하는 수 없이 소녀는 사실대로 말했어요.
그러자 계모는 소녀를 앞세우고 오렌지 나무가 있는 숲으로 갔어요.
오렌지 나무 아래에 이르자 계모는 소녀에게 노래를 부르게 했지요.
소녀는 마음속으로 계모를 비웃으며 노래를 부르기 시작했어요.

오렌지야, 오렌지야, 무럭무럭 자라 다오.
내 엄마는 친엄마가 아니란다, 오렌지 나무야.

그러자 소녀의 키만한 오렌지 나무가 쑥쑥 자라 아득히 멀어졌어요.
계모는 소녀를 살살 달랬어요.
"어머, 얘. 나무가 저렇게 커지면 어떻게 오렌지를 따겠니?
조금만 키를 낮추어 달라고 부탁해 보렴."

오렌지야, 오렌지야, 낮게 내려와 다오.
내 엄마는 친엄마가 아니란다, 오렌지 나무야.

그러자 오렌지 나무는 원래대로 키를 낮추었어요.
계모는 나뭇가지에 매달린 오렌지를 따느라 정신이 없었어요.

바로 그때 소녀는 계모를 올려다보며 다시 노래를 불렀어요.

오렌지야, 오렌지야, 쑥쑥 자라 다오.
내 엄마는 친엄마가 아니란다, 오렌지 나무야.

노랫소리를 들은 오렌지 나무는 분수처럼 솟구치더니 하늘 높은
곳으로 까마득히 멀어졌어요.
"아악! 살려 줘, 제발!"
계모는 오렌지 나뭇가지에 대롱대롱 매달린 채 애원을 했어요.
소녀는 코웃음을 쳤어요.
"흥! 오렌지야, 오렌지야, 가지를 부러뜨려라!"
그러자 우지직 하고 나뭇가지가 부러지며 계모의 비명이 들렸어요.
오렌지 나뭇가지는 수천 갈래로 찢어져
땅으로 떨어졌고, 계모도 같은 신세가 되었지요.

오렌지야, 가지를 부러뜨려 다오.

소녀는 땅바닥에
흩어진 나뭇가지
사이에서 씨앗 하나를 주워
땅속 깊이 심고 다시 노래를
불렀어요.

오렌지야, 오렌지야, 무럭무럭 자라 다오.
내 엄마는 친엄마가 아니란다, 오렌지 나무야.

그러자 새 오렌지 나무가 금세
소녀의 키만큼 자랐어요.
소녀는 그 오렌지를 따다가 시장에 내다
팔아서 금세 부자가 되었답니다.
소녀의 아빠도 다시는 계모와 같은
못된 아내를 맞아들이지 않고 소녀와
함께 행복하게 살았지요.

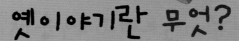

옛이야기란 무엇?

옛이야기는 여러 민족들 사이에서 전해오는 이야기를 통틀어 이르는 말로, 설화라고도 합니다. 설화는 크게 신화 · 전설 · 민담으로 나뉘어요.

♥ 신화

신화는 자연 현상을 인격화하거나 마술적으로 설명하는 이야기예요. 세계의 기원에 관한 천지 창조 신화, 건국 신화, 문명의 기원을 설명하는 신화 등이 있어요. 그리스 · 로마 신화가 가장 유명하며, 우리나라에는 단군 신화 같은 건국 신화가 있어요.

♥ 전설

전설은 과거에 일어난 전쟁이나 큰 사건과 같은 실제 사실을 놓고 전해지는 설화예요. 가장 유명한 전설로는 트로이 전쟁이 있지요. 전설은 과거에 실존한 것으로 보이는 인물이 특정한 장소에서 벌인 사건을 주로 이야기하기 때문에 사람들이 그 내용을 실제 사실이라고 믿는 경우가 많아요.

♥ 민담

민담은 언제 어디서나 일어날 가능성이 있는 사건을 "옛날 옛날 어떤 곳에서……" 하는 식으로 말하는, 재미 위주의 이야기예요. 우리나라의 〈콩쥐팥쥐전〉이나 서양의 〈신데렐라〉 같은 민담은 세계 곳곳에서 전해지고 있지만, 실제 사건이라고 보기는 어려워요.

이집트에는 오시리스의 아내이자 누이인 이시스의 눈물에서 나일 강이 생겨났다는 설화가 있어요.

이집트의 최고신 오시리스는 인간에게 농경과 문명의 기술을 가르쳤다고 전해져요.

트로이 주변에서 발굴된 동전, 도자기를 근거로 하여 복원된 트로이 전설 속의 목마.

〈세계의 옛이야기〉쏙쏙 알아보기

🖤 옛이야기들의 주요 줄거리

일본 민담에 나오는 소년 모모 타로 인형.

〈호랑이 신발〉은 중국 민담으로 그림 속의 여인과 결혼한 뱃사공과 그 아들 보배의 이야기입니다.

〈잭과 콩나무〉는 영국의 민담으로, 마음 착한 잭이 요술 콩나무 줄기를 타고 하늘로 올라가 황금알을 낳는 암탉을 가져오는 이야기입니다.

〈복숭아 소년 모모타로〉는 복숭아에서 태어난 소년이 마을 사람을 괴롭히는 도깨비를 개와 원숭이, 꿩의 도움으로 물리친다는 일본의 민담입니다.

〈바닷물이 짠 까닭〉은 소금을 만들어 내는 맷돌이 바닷속에 가라앉아 바닷물이 짜졌다는 노르웨이의 이야기입니다.

솔로몬 왕과 시바의 여왕 이야기를 주제로 그린 그림.

〈솔로몬 왕과 시바의 여왕〉은 지혜로운 솔로몬 왕이 시바 여왕의 수수께끼를 모두 풀어서 두 나라가 사이좋게 지내게 되었다는 이스라엘의 전설입니다.

〈표트르 황제와 석공〉은 표트르 황제 시절에 지혜로운 한 석공이 귀족들의 코를 납작하게 만들어 큰 벼슬까지 받는다는 러시아의 전설입니다.

표트르 대제 동상.

〈오리너구리는 어떻게 생겨났을까〉는 오스트레일리아의 시냇가에 사는 오리너구리들이 오리와 물쥐의 모습을 닮게 된 까닭을 소개하는 신화입니다.

이 밖에도 〈호랑이와 고양이가 앙숙이 된 사연〉(베트남)과 〈해와 달과 바람의 이야기〉(인도), 〈물고기를 사랑한 아가씨〉(나이지리아), 〈하얀 배를 타고 저승에 다녀온 사나이〉(미국), 〈신기한 오렌지 나무〉(아이티)가 소개되어 있답니다.